KB014176

나를 만지다

* 이 도서의 국립중앙도서관 출판시도서목록(CIP)은 e-CIP홈페이지(http://www.nl.go.kr/ecip)와 국가자료공동목록시스템(http://www.nl.go.kr/kolisnet)에서 이용하실 수 있습니다. (CIP제어번호: CIP2015028410)

등단 30주년 기념

오봉옥 시선집

나를 만지다

은행나무

외로워서 서러워서 시를 썼다. 숨이 막혀서, 원고지에라도 쏟아 내지 않으면 미칠 것 같아서 시를 썼다. 부끄러워서, 나를 후려쳐 야만 살아갈 수 있을 것 같아서 시를 썼다. 그러다가 가끔 심심해 서, 말을 가지고 노는 일만큼 재밌는 일도 없는 것 같아서 시를 쓰 기도 했다. 그뿐이다. 그뿐인데……

그럼에도 이렇게 가슴 한구석이 허전해지는 것은 또 무엇 때문 일까. 지난 30년의 발자취를 만지작거리자니 아쉬움부터 밀려온 다. 이 허전함과 아쉬움을 밀고나가 더 좋은 시를 써야겠다.

시선집《나를 만지다》는 등단 이후 발표작 중에서 좀 더 널리 읽혀졌으면 하는 작품들을 내가 직접 골라 묶은 것이다. 이중에서 7부〈아버지〉편은 서사시《붉은산 검은피》의 서시 부분으로서 제 목을 바꾸었다. 이 시선집이 나올 수 있도록 호의를 베풀어주신 은행나무 주연선 사장께 감사드린다.

2015년 가을

오봉옥

아프다. 세상의 상처를 다독이는 말들이 아리다. 사랑을, 사람을, 시대를, 기억을 매만지는 시인의 손길, 어조가 정성스럽고 사려 깊다. "네게로 가는 가시울 너무 높아 핏빛 발자국을 찍"는 언어들. 아프지만, 사랑을 가없이 깊고 아름답게 만드는 우리 시대 빼어난 연애시집으로 읽히게 한다.

이경철(시인, 문학평론가)

오봉옥 시편에는 오랜 시간 축적해온 경험적 진실을 깊이 있는 사유로 담아내려는 열정과 성찰의 태도가 일관되게 담겨 있다. 그는 자신의 생애를 투명하게 응시하고 추스르고 반영하면서, 세계와 자아를 적극적으로 해석하고 판단하는 태도를 줄곧 보여준다. 따라서 그의 전언은, 그 스스로 겪어온 시적 경험들에 대한 스스럼없는 고백과, 삶이라는 커다란 화두에 최대한 근접해보려는 능동적 가치 발견의 감각에서 발원하고 귀결한다. 오랜 사랑의 기억들, 그리고 자신이 만나온 사람과 시대와 역사를 거쳐 궁극에는 '나'에 이르는 과정을 통해, 오봉옥은 "어둑발 내리고 또 혼자 남아 내 몸을 가만히 만져"(〈나를 만지다〉)보는 순간들을 섬광처럼 노래한다. 그만큼 그 안에는 삶의 고단함과 어둑함을 기억하고 치유하려는 감각과 함께, 가파른 시간을 지나오면서 한결 너른 품을 가지게 된 과정을 보여주려는 가열하고도 심미적인 실존의 노래가, 30년의 깊이를 안은 채 아름답게 번져가고 있다.

유성호(문학평론가, 한양대 교수)

차례

1부 ― 사랑을 만지다

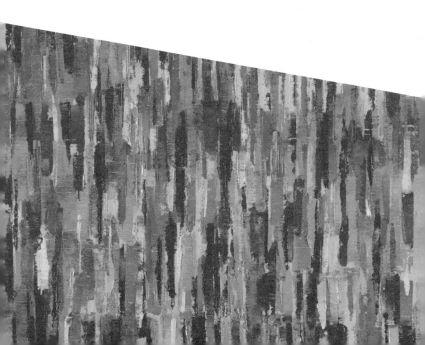

나를 던지는 동안

1

그대 앞에서 눈발로 흩날린다는 게

얼마나 벅찬 일인지요

혼자서 가만히 불러본다는 게,

몰래몰래 훔쳐본다는 게

얼마나 또 달뜬 일인지요

그대만이 나를 축제로 이끌 수 있습니다

2

그대가 있어 내 운명의 자리가 바뀌었습니다

그댈 보았기에 거센 바람을

거슬러 가려 했습니다

발가락이 떨어져나가는 아픔도 참고

내 가진 모든 거 버리고 뜨겁게

뜨겁게 흩날리려 했습니다

그대의 옷깃에 머물 수 있다면

흔적도 없이 스러져가도 좋았습니다

3

그러나 나에겐 발이 없습니다
그대에게 어찌 발을 떼겠습니까
혹여 그대가 흔들린다면,
마음 졸인다면,
그대마저 아프게 된다면 그건
하늘이 무너지는 일입니다
나에겐 발이 없습니다
나를 짓밟는 발이 있을 뿐

4

그대의 발밑에서 그저 사그라지는 순간에도 난
젖은 눈을 돌리렵니다 혹 반짝이는

눈물이 그대의 가슴을 가르며 가 박힐지 모르니까요

그 눈물알갱이가 그대를 또

오래오래 서성이게 할지 모르니까요

먼 훗날 그대 앞에는 공기방울보다 가벼운

눈발이 흩날릴 것입니다

모르지요, 그땐 그대가 순명의 자세로 서서

나를 만지게 될는지

나를 거두는 동안

아프다, 눈물을 삼키며 돌아서는 내 몸이
가랑잎 부서지듯 갈라진 소리를 낸다.
때가 되면 단풍나무는 그저
잎새나 떨어뜨리며 사는 존재인 줄 알았는데
붉게 물든 제 살점을 뚝 뚝 떼어내
발밑에 쌓아두는 것이 단풍잎임을 이제야 알겠다.
때가 되면 저녁하늘은 응당
사그라지는 존재인 줄이나 알았는데
달아오른 하늘빛을 거두고
자꾸만 어둠 속으로 저를 밀어넣는 것이
노을임을 이제야 알겠다.
백번을 고쳐 물어도 그녀가 좋았는데,
백번을 떠올려도 또 보고 싶었는데
이제는 나를 거두어야 할 때.
다음 세상에서도

그녀가 사는 정원의 작은 바위로나 앉아

그녀를 하염없이 기다리며 살아야 할 것 같은

설운 오늘.

너에게 가는 길

내 스스로 머리 위에 땅땅 내려치는 장대비가 되어 너에게 가는 마음 뚝뚝 자르곤 한다 내 스스로 상처 속 군데군데를 헤집고 다니는 병균이 되어 너를 향한 마음에 다시 불을 지르곤 한다 하루에도 열두 번씩 세상천지에 죄 아닌 게 있던가 하고 달려간다 네게로 가는 가시울 너무 높아 핏빛 발자국을 찍다가도 아니지, 이게 아니야 다시 돌아서고 만다 그 홀로 돌아선 발자국 지우고 만다 그 흔적 속에 너도 첨벙, 빠져들까봐 그게 또 두려워서.

입술이 붉은 열여섯

그녀는 동갑내기였다 입술이 붉은 열여섯

그녀는 꽃봉오리였다 하루라도 빨리 피고 싶어 안달하는

그래서 그녀는 날 숨막히게 했다

밤 몰래 담 넘어 올래?

초생달처럼 와선 문고릴 두 번만 잡아다닐래?

하여 치렁치렁 늘어트린 긴 머리칼 한쪽으로 묶어내리고

오자마자 나 어때 어때 하며 안겨들던 그녀는

고작 열여섯이었다 꽃봉오리였다

그녀는 동갑내기였다 입술이 붉은 열여섯

그래서 그녀는 날 숨막히게 했다

제 오라비가 쓸 신혼방이라며

쉬쉬하며 끄을고 가기도 했던

장롱 속의 새 이불 꺼내며

한 번도 쓰지 못한 그 이불 꺼내며

더럽히면 안 돼 안 돼 하며 목부터 끌어안던 그녀는

내가 미처 사내가 아니어서

내가 미처 사내가 아니어서

"야" 하고 소리를 지르기도 했던 그녀는.

별

그러니 더는 빛을 보내지 말아줘.
난 네가 둥둥 떠다니는 꽃이었음 해.
나비처럼 꽃날개를 펴거니 접거니 하면서
끝없이 펼쳐질 우주에서 그저
꿈꾸듯이 떠다녔음 해.

난 전 生을 걸고 달려오는 네가 두려워.
나 여기 있다고,
한 번만 바라봐달라고
제 몸에 확 불 싸지르는 네가 너무도 두려워.

한 사람만을 위해 어찌
수십억 년을 달려올 수 있니.
천길만길 달려와 어찌
허공에 그어놓은 빛으로 사르륵

사 그 라 질 수 있니.

그냥 혼자서 환하게 꽃 피워줘.
그리하여 꽃처럼 꿈처럼 떠다니는
별이 되길 바래.

이런 죽음

우리는 달빛과 달맞이꽃이 하는 은밀한 짓을 따라서 해보았습니다. 난 꼴린 달이 소나기빛을 쏟아내듯이 그녀 안으로 들어갔습니다. 자궁을 연 달맞이꽃이 쏟아지는 달빛을 마구 빨아들이듯이 그녀는 나를 삼켰습니다. 황홀이 교성을 먹어치우고 있었습니다. 혼미가 꼬리에 꼬리를 물고 혼미를 끌어당기는 밤이었습니다. 길이 가물가물 사라져가고 있었습니다. 그 길이 나를 앞질러 저 세상으로 막 걸음을 옮기고 있었습니다. 엄마의 젖무덤을 허우적거리다 잠이 든 아이처럼 고개를 파묻었습니다. 내 영원을 삼킨 그녀는 세상에서 가장 깊고 아늑한 굴을 가지고 있었습니다.

겨우 천년

그대만 홀로 울멍울멍 남겨두고

주인을 따라 순장될 때

나 눈물에 새겨두었다

세상에 다시 이마를 내미는

연둣빛 잎새와

장글장글 기어다니는 햇살이

되어서라도 만나자는 말

수억 년, 수수억 년이 흘러

기다림에 지친 화석과

그 곁을 무심히 스쳐 지나가는

바람이 되어서라도 꼭 만나자는 말

그런데 누가 오늘

그 아롱아롱 새긴 문신을

꺼내 펼쳐놓았나

박물관 구석에 미라로 누워 있는 내 앞에서

그대는 한참을 머물다 간다

가다가 또 갸웃, 뒤돌아본다

하, 생각해보니 그대와 헤어진 지

겨우 천년

그대 앞에서 춤을

세상에
이런 은유가 있었다니!
그리워서,
사무치게 그리워서
펄펄펄 살아나는
이 마음이
춤이었다니!
천 갈래 만 갈래로 나뉘어져
막무가내로 소용돌이치는
이 애타는 몸이
춤이었다니!
너를 가득 채운 내 가슴은
오늘도 출렁출렁,

2부 — 사람을 만지다

공놀이

한 아이가 학원도 가지 않고
달을 차고 논다.
발끝으로 톡톡 건드리다가
질풍처럼 몰고 가기도 하고
하늘 높이 뻥, 내지르기도 한다.
그 순간 달은 집으로 돌아갈까 하다가
저 혼자 노는 아이가 안쓰러워
다시금 풀밭에 통통통 떨어진다.
아이는 오늘
처음으로 세상의 주인이 되어
달을 차고 논다.
골키퍼가 되어 짐승처럼 웅크리기도 하고
패널티킥을 실축한 선수가 되어
연신 헛발질하는 흉내를 내다가도
어느새 다시 골 넣은 선수가 되어

손가락으로 브이자를 그리며

경중경중 춤추듯 걷는다.

어라, 언제 시간이 이렇게 되었지?

아이가 달을 숨겨놓으려는 속셈으로

공중으로 뻥 차올리자

구름 벗겨진 하늘이 그것을 날름 받아

시치미 뚝 떼고 하늘가에 내놓는다.

할머니

할머니는 쌍것이었다. 죽어도 쌍것이었다

논이 되어 밭이 되어 허리 구부리고

살았을 뿐

시집은 시집이어서 하자는 대로

살림은 살림이어서 하자는 대로

절대로 쌍것인갑다, 여자인갑다 했을 뿐

"그건 안 되겠어라우" 한마디 못하셨다

하긴 전쟁터에 지아비 보낼 때도

곧 오마 하는 소리 들었을 뿐

감히 나가 볼 생각 못했다

하긴 혼자되어 깔 비고 손 비고

똥장군까지 질 때에도

감히 개가는 꿈도 꾸지 못했다

할머니는 여자였다 죽어도 여자였다

하나 있는 손녀 시집가는 길 위에서

오늘도 "남편 말에 복종 잘하고……" 하신다

두 번 세 번 눈물 찍으며 당부하신다.

고양이

　십이지간엔 왜 고양이띠가 없는 걸까 고양이처럼 살아온 그녀 오늘도 꽃방석에 앉아 졸고 있다

　그녀의 눈엔 하늘의 달 두 덩어리 환하게 박혀 있다 그 달빛에 쏘여 눈먼 사람 여럿 있었다

　곱다는 말 귀에 달고 살아서인가 딸네 집에 와서도 혼자서 거울 보며 딸년 스카프나 둘러보곤 한다

　세상에 그런 팔자 없었다 일평생 했던 일이라곤 남편 똥장화를 반들반들하게 닦는 일뿐이었다

　오늘도 손주 녀석 재롱 보고 환하게 웃기나 한다 똥도 이쁘게 쌌다고 호들갑을 떤다 똥 치우는 건 질색이다 딸년 부른다

이런 여자

세상에 이런 여자 있었네
사주쟁이도 사주가 세서 먼 산을 바라보다가
중같이 혼자 살아야 할 팔자라며 한숨을 내쉬었어
사주를 보다 말고 바르르르, 복채도 돌려주었지
사주가 사납다고 제 딸 처녀귀신 만들 어미가 있다던가
사주쟁이보다 짱짱한 중매쟁이 내세워 몰래몰래 시집보냈지
그런데 어쩌면 좋아, 남편은 막노동판 떠돌다 죽어버렸어
아들 두 놈은 병에 걸려 시름시름 앓다 죽고
하나 남은 딸년은 물난리에 떠내려가 죽고 말았지
그 여자, 하도 기가 막혀 말까지 잊어버렸어
돌아보니 다 죽어서 죽을 때까지 눈물 달고 살았지
팔자대로 살다가 팔자대로 죽은 거야
유언 한 자락 남겼지 다음 생은
절 마당 구석에서 채송화로나 피고 싶다는 말
오체투지로 엎드려 죄나 닦으며 살고 싶다는 말

다시는 누구에게도 빚지고 싶지 않다는 말

극락에 계시다

노인 두엇 차에 올라 기사 양반이 젊네그려, 얼굴 한번 환하네그려, 알랑방구 뀝니다

기사 양반 입 쫘악 찢어지더니 구부렁 시골길 잘도 미끄러집니다

할 말 다 한 노인들 지그시 먼 산 바라봅니다 아무렇게나 금 그어놓은 다랑논이 아이들의 뒷마당이 되어 스쳐갑니다

어느새 그 눈길 깊어져 저 세상 너머에 가 닿습니다 이 저세상이 다 극락입니다

경계가 없다

낙원이 따로 있나. 황사 날리는 들판이 따뜻한 낙원이다. 들꽃이 따로 있나. 나이 어린 쿠르테*가 들꽃이 되어 돌아온다. 바람에 서걱이는 갈대처럼 휘파람 불며 돌아온다. 산 자와 죽은 자가 따로 있나. 널리고 널린 뼛조각 하나 태연하게 들고 서는 등이 가려웠는지 제 마른 등짝을 긁어달라고 한다. 쿠르테의 부친은 내 손을 잡아끌더니 피리 하나를 보여준다. 십팔세 소녀의 허벅지 뼈로 만든 피리란다. 나보고 한번 불어볼 거냐고 손시늉을 하더니 이내 곧 먼 데를 바라보며 구슬픈 가락한 대목을 능숙하게 뽑아준다. 먹구름이 밀려와도 천하태평이다. 오늘도 쿠르테의 모친은 저만치서 펑퍼짐한 엉덩이를 천연덕스럽게 까고 거름을 주고 계신다. 길이 따로 있나. 바로지금 그 어머니와 풀 한 포기 사이에 물길이 트이고 있거늘.

---

* 몽골에서 목동으로 살아가는 열 살짜리 한 아이의 이름.

민족식당

접대원 동무들이 나와 노래와 춤 솜씨를 뽐내고 있었다. 이웃집 할머니 같은 지배인 동지가 멀리서 흐뭇하게 웃고 있었다. 나의 눈은 금세 고동치고, 나부끼고, 글썽였다. 요리사 동무나 주방장 동지의 딸이었을 터이다. 열 살 남짓 된 단발머리 계집애가 구석에 앉아 턱을 괸 손가락을 저도 모르게 잘근잘근 깨물면서, 제 손바닥의 지문이 갑자기 달라지기라도 한 것인 양 한참을 바라보기도 하면서 무대 위 언니들을 슬금슬금 훔쳐보는 것이었다. 내일의 저와 맞닿을 작은 다리 하나 조심스레 놓고 있는 것이었다.

어머니의 밥

난리를 두 번이나 겪어봐서 안다
이 세상에 목숨 붙이고 사는 일보다 중요한 거 없다
잡상인으로 살며 사흘 걸러 잡혀가면서도
눈물 한번 흘리지 않았다
잡아가는 순사도 지쳐 멀리서 호루라기 불었다
자식놈 밥 넘어가는 소리 들으며
빈 수저로 허공을 퍼 올려 배를 채우던 엄니에게
밥은 무엇이었을까
먹어도 먹어도 허기진 세월,
난 늙은 엄니가 고개를 두리번거리며
눈밥을 떠먹는 걸 본 적이 있다 그리고
제 몸의 살점을 뚝 떼어내 자식들 입에 떠 넣어주는 일을
난 그저 거룩하다는 말로 포장해왔다

아버지의 밥

초로인생이라는 말 입에 달고 살았다
식은 밥 한 덩어리에 막걸리 한 잔이면 그만이었다
고개를 자빠트리고 내일을 걱정하는 건 엄니에게 미루고
짐자전거 타고 유유자적 사람들 만나 이약이약 하며 살았다
잡상인으로 잡혀가 경찰서 조서를 받다가도
엄니가 오면 대신 좀 받으라며 벌떡 일어서 나가곤 했다
엄니에게 목구멍은 슬프디슬픈 감옥이어서
눈물을 삼키게 하는 곳이었지만
자신에게 목구멍은 염치없는 골목일 뿐이어서
밥물 끓는 냄새만 나도 문 열리는 소리를 냈다
그런 아비에게 인생의 가장 즐거운 낙은
뚝배기 한 그릇 뚝딱 비우고
세상 다 가진 표정으로 먼 산 바라보는 일이었다

누이의 밥

누이에게 저녁노을은
하루를 시작하는 붉은 종소리였다
친구들이 까르르까르르 웃으며
학교에서 돌아올 때
누이는 밤일을 하기 위해
축 처진 어깨로 공장 문턱을 넘었다
고등학교를 못 간 누이는
눈물을 달고 살았다
외양간에 웅크리고 앉아
여물 먹는 소를 안쓰러이 바라보다가
때 묻은 팔소매로 눈가를 훔치기도 하고
갑자기 얼굴을 감싸쥐고 흐느끼기도 했다
열일곱 처녀의 얼굴 여기저기엔
울음 자국이 딱지처럼 앉아 있었다
구멍 난 양말들이 참새처럼

줄지어 빨랫줄에 올라앉던 시절,

누이의 꿈은

단발머리 학생이 되는 것이었다

학교를 가기 위해 엄니 곁에서 늘

앙알앙알거리던 누이에게

밥은 무엇이었을까

사람답게 살고 싶다는 일보다

절실한 일이 어디 있겠는가

누이는 끝내 나비가 되어

야간 학교 높은 담을 넘나들었다

아우의 밥

가난한 집안의 넷째인 아우는
태어날 때부터 혼자였다
세상에 얼굴을 내밀던 날 사람들은
이웃집 송아지 한 마리가 태어나듯
무심히 하늘을 쳐다보았다
뭍에서 밀려나 섬이 된 아우는
뭍을 향해 발돋움을 하며 자랐다
하지만 그 작은 돌섬은
누구 하나 보아주지 않았다
해당화 하나 피어나지 않고
갈매기 한 마리 날아들지 않았다
아우는 그만 바다에 잠기기 위해
몇 번이고 자신을 놓아버리기도 하였지만
하늘은 그마저도 쉬이 허락하지 않았다
하늘은 무슨 뜻이 있어

그런 삶을 살게 했던 것일까

살아온 사십칠 년, 그것은 아우에게 참으로

애틋하고 수수롭고 고절한 세월이었다

가면을 위하여

제 몸에 총칼이 새겨진 사람은

화산처럼 살아가고,

꽃이 새겨진 사람은

들판처럼 살아간다.

인간에게는 비밀이 많다.

잘 들어보면

문신처럼 박힌 꽃들의 수런거리는 소리나

햇살 한 줌 더 끌어당기기 위해

발돋움을 하는 소리가 들리기도 한다.

그뿐인가.

가면을 벗어버리면

갑자기 총을 쏘듯이 탕탕,

꽃망울을 터트릴지도 모르는 일.

3부 — 자연을 만지다

거미와 이슬

거미의 적은 이슬이다
끈끈이 점액질로 이루어진 집은
이슬의 발바닥이 닿는 순간
스르륵 녹기 시작한다
눅눅해진 거미줄로는
그 무엇도 붙들 수 없어
허공을 베어 먹어야만 한다

거미는 숙명적으로
곡마단의 곡예사가 된다
가느다란 줄에 떼 지어 매달리는 이슬을
곡예사가 아니고선
다 털어낼 수 없기 때문이다

이슬의 살은 공처럼 부드럽다

곡예사는 이슬을 발가락 끝으로 통

통 퉁겨보기도 하고

입으로 빨아들여 농구공처럼 톡

톡 내쏘기도 한다

작은 물방울들을 눈덩이처럼 굴려

크게 만들어놓은 뒤

새총을 쏘듯이 거미줄을 당겼다 놓아

다시금 새하얀 구슬들로 쏟아지게도 한다

이슬을 다 걷은 거미는

괜시리 한번 거미줄을 튕겨본다

오늘도 바람이 불면 그물망 한 가닥

기둥처럼 붙잡고 흔들릴 것이다

그뿐인가,

팽팽한 줄이 퍼덕이는 순간

회심의 미소를 짓기도 할 것이다

달팽이가 사는 법

나도 한때는 눈물 많은 짐승이었다. 이슬 한 방울도 누군가의 눈물인 것 같아 쉬이 핥지 못했다. 하지만 난 햇살이 떠오르면 숨어야만 하는 존재로 태어났다. 어둠 속에 갇혀 홀로 세상을 그려야 하고, 때론 고개를 파묻고 깊숙이 울어야만 한다. 전생에 무슨 죄를 지어 그런 천형의 삶을 살고 있는 것인가. 등에 진 집이 너무도 무겁다. 음지에서, 뒤편에서 몰래몰래 움직이다보면 괜시리 서럽다는 생각이 들고, 괜시리 또 세상에 복수하고 싶어진다. 난 지금 폐허를 만들고 싶어 당신들의 풋풋한 살을 야금야금 베어 먹는다.

노랑

시작은 늘 노랑이다. 물오른 산수유나무 가지를 보라. 겨울
잠 자는 세상을 깨우고 싶어 노랑별 쏟아낸다. 말하고 싶어 노
랑이다. 천개의 입을 가진 개나리가 봄이 왔다고 재잘재잘, 봄
날 병아리 떼마냥 종알종알, 유치원 아이들마냥 조잘조잘. 노
랑은 노랑으로 끝나니 노랑이다. 바람도 없는 공중에 보이지
않는 손이 있어 잠든 아이를 내려놓듯이 노랑꽃들을 내려놓
는다. 노랑을 받아든 흙덩이는 그제야 발가락을 꼼지락거리
며 초록으로 일어나기 시작한다. 노랑이 저를 죽여 초록 세상
을 만든 것.

오래된 바위

나가 바위여. 딱 한 번은 굴러야 할 천길 벼랑 위 바위랑께.

뒤집어서 속을 볼 생각은 아예 하덜 말아라잉. 내 황홀한 눈물의 세계는 죽어도 보여주고 싶지 않으니께.

발바닥 지문을 따라 질게질게 집을 지어놓고 분주하게 움직이는 개미들이야 내 살을 파묵고 사는 피붙이들이제.

따땃한 아궁이라도 깔고 앉았는지 어쨌는지 지렁이란 놈은 움직이지도 않어야.

내 안에서 귀뚤귀뚤 우는 소리 들리거든 지도 한번 울어보고 싶었겄제, 허고 생각해주소.

핏기 한 점 읎이 내 발모가지나 붙들고 있는 허어연 실뿌리는 두 눈 멀건히 뜨고는 차마 볼 수가 없시야.

그라도 지금껏 버틴 건 습기 속에 감추어진 그놈들의 뜨거운 숨결이 내 온몸으로 밀고 올라오니께 그란 것이제.

나가 바위여. 딱 한 번만 굴러볼 요량으로 이 악물고 견디는 바위랑께.

내 꽃이 아니다

아카시아 영혼들이 몸을 쳐서 하늘로 솟구치는 순간 아카시아 꽃잎들이 일제히 목을 떨군다 산길 우엔 죽음의 옷자락만이 펄럭인다 영혼이 빠져나간 육체는 어찌하여 늘 먼지처럼 가벼운 것일까 살랑바람에도 팔랑,

몸 굴리고 뒤집는다 떨어진 꽃잎은 저마다의 손금을 가지고 있고 짧은 생명선의 운명을 지니고 있다

꽃잎 속으로 슬그머니 혀를 밀어넣는다 독기 어린 내 혓바닥으로도 마지막 문을 열진 못한다 꽃에도 뼈가 있는 법, 한번 굳은 뼈는 좀체로 움직이지 않는다

햇살알갱이들이 온 사지 감겨올 때 스르르 가랑일 벌리는 황홀경의 꽃잎을 본 적이 있다

왕의 비애

아프리카 세렝게티 초원에선 가끔씩 회오리바람이 인다 백수의 왕 사자에게 쫓긴 누 떼가 회오리바람이 되어 휘잉 휘이잉 어디론가 몰려다니는 것

때론 화살이 슁슁 바람을 가르며 날아가 꽂히기도 한다 사나흘을 굶은 사자가 화살처럼 날아가 얼룩말의 목덜미를 순식간에 낚아채는 것

세렝게티 초원 여기저기에선 학교 문이 열리기도 한다 누도 얼룩말도 놓친 어미 사자가 가젤 새끼를 앞발로 툭 쳐 넘어뜨린 뒤 입맛을 쩍쩍 다시면서도 제 새끼들의 사냥연습을 위해 기다리고 있는 것

사자의 맛있는 한 끼 식사가 있어 저녁노을도 벌겋게 물들어 간다 피범벅 된 어미 사자와 새끼 사자의 주둥이가 있어

하늘도 따라 핏빛으로 물들어가는 것

　멀리서 암컷 사자를 눈독들이던 숫사자 한 마리 몰래몰래 다가와 그 새끼들을 죽일 때 그토록 완강하게 저항하던 암사자가 어느 순간 얼굴색을 싹 바꾼다 굴욕을 참고 새 주인을 받아들이겠다는 것

해학

밀림의 왕 사자가 식사를 하시는데 얼룩점박이하이에나 떼가 그 곁에서 얼쩡거린다. 사자가 날카로운 이빨을 내보이며 으르렁거려도 하이에나는 주위를 뱅뱅 돌 뿐 도망가질 않는다. 달려들면 아이고 무시라, 몇 걸음 물러난 척하다 다시 돌아와 어느새 밥상머리에 척 발을 올린다. 사자가 하는 수 없이 살점 한 토막 입에 물고 자리를 비켜준다. 하이에나는 비로소 회심의 미소를 지으며 살코기 속에 코를 박는다. 쩝 쩝 쩝 쩝, 곁에 빈 그릇이 쌓이기 시작한다. 물소의 살이 아무리 입에 살살살 녹는다 해도 그렇지 원. 집채만 한 물소가 한나절 만에 뼈만 남는다.

물과 물고기

강물은 때로 역류를 원한다
그 순간 물고기들 일제히 지느러미의 방향을 바꾼다
강의 마음 읽었기 때문이다
딴전 피우듯 그냥 가보는 놈도 있다
내일 죽는다

월식

사람들은 왜 달을 보면 소원을 비는 걸까.
달나라에 사는 서기가 눈이 침침해
구름만 좀 끼어도 보지 못하는걸.
서기가 된 늙은 토끼가 가는귀까지 먹어
아무리 중얼거려도 받아 적지 못하는걸.

그보다도 토끼 눈에 아른거리는 건
한 아이의 머루알같이 까만 눈망울뿐인걸.
파리 떼가 다닥다닥 달라붙어도
손가락만 쪽쪽 빨고 있는 다섯 살짜리
검은 소녀의 눈망울이 반짝반짝,
아무래도 사그라들지 않는걸.

가슴 아픈 달이 구만리장천을 홀홀히 날아가
구석구석 부서지는 이유를,

파리한 아이들이 그 달빛 부스러기를 끌어안고
새우처럼 웅크리며 자는 이유를 이제는 알겠는가.

사람들은 아직도 토끼가 방아나 찧고 있다고 생각하는 걸까.
서기가 된 토끼는 벌써 다음 生을 준비하고 있는걸.
늘 천 자 만 자 받아 적기만 하는 게 안타까워
햇덩어리로 깡총 몸을 던져 빛알갱이로라도
다시 태어나고 싶은걸.

오늘은 해도 그 마음 알아채고
달그림자로 사르륵 스며드는걸.

은방울꽃

눈물 그렁그렁 달고끌고 떠나가더니
은방울꽃 되었나

거기는 자식 셋 내지르고 죽은
제 사내 무덤이라지

거기 사니 좋겠네
은방울 달랑달랑 매달고
죽은 사내 흔들어 깨우니 좋겠네

사십 년 동안 쟁여둔 말
보고 싶었다는 그 말
가슴 깊은 곳에서 이젠 꺼내겠네

죽어서라도 한번 만나야 한다더니

제 사내 무덤머리를 끝내 초록이불로 덮었다지

거기 함께 누웠으니 참 좋겠네

살랑, 살랑바람 불어도 진한 살내음을 내뿜고

비로소 가지런한 이도 하얗게 내보이며

배식배식 웃고 있는 당신

4부 — 시대를 만지다

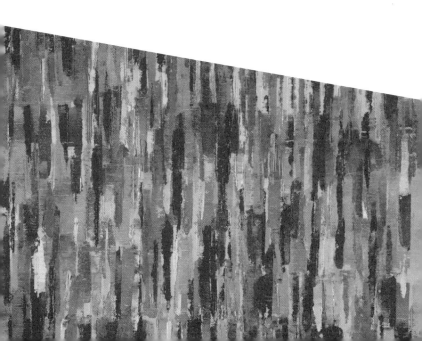

섯

우리를 숨죽이게 한 건 3·8선이 아니었다
검문하러 올라온 총 든 군인도
검게 탄 초병들의 날카로운 눈빛도 아니었다
기찻길 건널목에 붉은 글씨로 써놓은 말 섯!
그 말이 급한 우리를 순간 얼어붙게 만들었다
두 다리로 짱짱히 버티고 서 고함을 지르는 섯,
그 뒤엔 회초리를 든 호랑이 선생님이
두 눈 부릅뜨고 서 있는 것 같았다
머리에 모자를 쓰고 있는 것도 아닌데
커다란 방점이 떠억 하고 찍혀 있는 것 같았다
멈춤 정도야 뭐 말랑말랑한 말로 느껴질 뿐이었다
섯에 비하면 정지나 스톱 같은 말도 그저
앙탈이나 부리는 언어로 느껴질 뿐이었다
남에서 올라온 내 발 앞에 꽝,
대못을 박고 가로막는 섯!

그 섯 가져와 자살바위 옆에 세워두고 싶었다

그 섯 가져와 기러기 떼 날아가는 노을 속에

슬그머니 척, 걸어두고 싶었다

수평선

단발머리 소녀들이 촛불로 만든 수평선!

태양도 품어 바글바글 끓게 하고

끝내는 붉은 노을로 철철철 넘치게 하는 수평선

똥새도 비단구름도 잠겨 흘러가게 하고

지나가던 달님도 붙잡아 넋 놓고 바라보게 하는 수평선

툭 건들면

물고기 몇 마리 파다닥 뛰어오를 것 같은,

아니 망망한 그 속을 들추면

살아있는 영혼들이 일제히 허연 배때기를 뒤집고

찬란하게 솟아오를 것 같은

너울너울 수평선

출렁출렁 수평선

어머니 뱃속에서부터 둥둥 떠다니던 나를

꽃상여 타고 떠날 때까지 둥둥 떠다니라고

오늘도 나뭇잎처럼 떠 있게 하는 수평선

열댓 살 먹은 소녀들이

훅 불면 꺼질 듯한 촛불을 들고 만든 것이어서

엿처럼 눈물처럼 한없이 녹아들다가도

팽팽히 살아서 다시금 나아가게 하는

이,

오늘의 노래

1

밤이 깊어도 더 깊어도 부끄러웠다

꼬랑내와 담배 연기로 범벅이 된 골방 아래

홀로 쪼그리고 앉은 밤

세 살 먹은 딸이 자다가도 끄르르 끄르르 기관지염을 앓는 밤이다

곁에는 지금이라도 아빠 하며 동그랗게 눈뜰 아이의 눈빛하며

아내의 지친 눈빛도 있나니

논둑 밭둑 그 어디거나 헤매었던 들쥐마냥

끝내는 지쳐 더는 헐떡이지 못하고

사지를 두더지처럼 웅크린

내 꼬락서니 쳐다보는 그 눈빛들 있나니

누가 그려놓았나 몰락하는 내 얼굴 내 손톱

그래 잊어버리자 지난날은 잊어버리자 해도 다가오는 손가락질.

2

돌아보니

나 혼자뿐이었어라

언 손 호호 불며

밤새하던 이들 다 떠나갔으니

돌아보니

나하고 그림자뿐이었어라

큰 시암 골목 계단 오르내리며

주먹다짐하던 이들 다 떠나갔으니

그랬어라 사람들은

버거워 질질 끌어야 할

너무 버거워 이젠 버려야 할

낡은 내 모습만 달랑 남겨놓고

다 떠났어라 가르쳤어라.

3

밤이 깊어도 더 깊어도 부끄러웠다

내리내리 내려온 괘종시계며, 새벽문을 두드리는 신문이며,
창문 사이로 빌빌 기어나오는 바람소리 하나에도 눈물이 난다

나를 버려야 내가 살 것 같은 지금

쓰린 배 움켜쥐고 산발한 머리 쥐어뜯으며 다시금 되새김
질하는 수밖에

민중이니 조국이니하며 자랑처럼 와와 내달리던 일하며

두 눈 빛내며 내일을 기약했던 얼굴들이

하나 둘 말도 없이 발을 감출 때

쓴웃음이나 질끈질끈 물었던 일

아니 어머니 같은 누님이 그 언젠가 늦은 발로 다가와

너만 남았구나 했을 때

"아니야" "아니야" 똑같은 말을 두 번이나 하면서도

이걸로 끝장인가 하는 절망이 스르르르 또아리를 틀었을 때

바로 그때를 생각하는 수밖에

나를 버려야 내가 살 것 같은 지금.

나의 길

1

돌아갈 길 가야 할 길도 없었다

어둠이 나리어

젖은 눈썹에 머물다가 다시 나리어

해진 가슴팍을 쿡쿡 찌를 뿐이었다

십 년을 자랑으로 세운 어제의 길에는

솜털 보숭보숭한 이마가 말도 없이 누워 있을 뿐이었다

두 눈 빛내며 세운 그 길 위에는

하루아침에 떨어진 멀쩡한 꽃망울들이 뒹굴 뿐이었다

난 지금 죽은 자의 어깨보다 더 늘어져

이슬 한 방울 떨굴 힘도 없이

마지막 남은 등불 한 등

어둠에 막 묻힌 걸 보고 있다

이제 거치른 마을은 저물었다

2

내게도 꿈이 있었다

죽음 앞에 서서

후회는 없다고, 가야 할 길 온 것이라고

마치 마실이라도 다녀오겠다는 듯이

복사꽃 환한 웃음 짓게 되는 꿈이

비린내 한 방울 안 풍기고 그런 꿈 꾸었다

민중이니 조국이니 와와 소리 지르며

기름때 한번 안 묻히고 그런 꿈 꾸었다

그 꿈속에 천길 벼랑이 있는 줄 모르고

그 꿈속에 시퍼런 칼날이 있는 줄 모르고

이제 사람들은 발자국조차 보아주지 않는다

이제 사람들은 죽음조차 보아주지 않는다

3

엎드려라 밤이 깊을수록 엎드려라
비가 나리어
젖은 발을 또 적시어도
죄 닦음은 길다 엎드려라

무너져라 내 안의 무너질 것
메아리도 없이 다 무너져라 그 안에
나의 길 있으리라.

책

책들은 계속 내동댕이쳐지고 있더구나,
한때는 핏방울처럼 뜨거웠던 자식들
한때는 칼날처럼 날카로웠던 자식들
고물상은 자질구레한 이삿짐을 올리듯이
표정도 없이 트럭 위로 내던지고 있더구나.
잊혀진 늙은 혁명가며
이른 나이에 요절한 작가며
어제의 나를 동여맨 눈 붉은 전사들이
장작더미 쌓이듯이 쌓여만 가고 있더구나.
이제 누가 있어 나를 긴장시킬 것인가.
그 시퍼런 눈들 사이로 잠시 돌아가
나를 후려치고 올 수도 없는 일.
바닥에 흘린 책 한 권을 들어올리자니 울컥,
참고 참았던 눈물이 쏟아지더구나.
굴속에 숨어든 빛,

난 그 밧줄을 잡고 예까지 왔으니.

'새 책도 많네요',

숫눈 같은 책들이 쓸려가는 것을 보면서 또 마음에 걸리더
구나,

내가 찍은 고단한 발자국도 행여 그럴 것만 같아서.

말

운명처럼 만나고 헤어진 말들이 있었다

어떤 말 앞에서 난 막무가내로 흔들렸다

그것은 전생에 잊어버린 말이었다

어느 말 앞에서 오래오래 서성거리기도 했다

거기엔 잃어버린 마음이 새겨져 있었다

어느 말 앞에선 그만 주저앉기도 했다

거기엔 내일이면 흩어질 내 쓸쓸한 영혼이 어른거리고 있었다

그뿐인가, 어느 낯선 말 앞에선 입술을 깨물며 다시 일어서기도 했다

그것은 내가 저세상까지 지고 가야 할 말이었다

요즘 난 억지 말을 퍼 나르다가 버리곤 한다

오늘은 무지렁이, 를 써놓고 버렸다

못묘, 를 쓴 뒤 몇 줄을 더 긋다 버리기도 했다

책상머리에 앉아 땅강아지처럼 흙에 붙어사는 말만 찾으니

그것은 죽은 말

어울리지 않아서 이내 튕겨져 나갈 말이었다

나 죽어서도 지게사전 지고 가야 한다

아직은 못다 한 말 너무도 많다

핏빛 지문 더 찍어야 한다

옥밥

옥밥 한술 억지로 욱여넣다

생각하거니

엄니가 흙마당 멍석 위로 저녁을 나르실 때

풀물 든 손을 툴툴 털어내던 아버진

어여 와 어여 와 하시었는데

그 엄니 오늘은 밥상머리 한 구석이 비어

된수저 치켜들다 울었는지

안 울었는지.

폐허의 눈

난 세상의 상처,

가시집을 짓고 산다

여긴 풀꽃 하나 피어날 틈이 없다

어제도 노랑나비가 무심코 날아와선

화들짝 놀라 달아났다

바람이 먼 길을 돌아

슬그머니 사라질 때

먼 길을 비로소 돌아본다

한동안 난 잠시도 머뭇거리지 않는

밀물이었다 벅찬 요동이었다

하지만 난 한순간의 썰물이어서

썰물인지조차 몰랐다

누가 있어 세상을 바꿔가는 것일까

처음 본 황혼이 또 우루루 우루루 무너져내린다

난 지금 눈물을 가만히 뉘어놓고

세상의 한 끝을 응시하고 있다

함께 살자

가슴이 쿵 내려앉는 말
함께 살자!

한 노동자가 영하 20도 철탑 위에서
눈보라와 싸우며 하는 말
함께 살자!
장애를 가진 사람이 휠체어를 타고 가다
도로턱을 넘지 못하고 그만 내뱉는 말
함께 살자!
인간답게 살고 싶어서
짐승처럼 살 순 없어서 외치는 말
함께 살자!

미얀마에서 온 새파란 청년이
징글징글한 이 땅을 떠나고 싶어도

밀린 월급이 많아 떠날 수 없다며
다시금 컨테이너박스에
고단한 제 몸을 구겨넣다가 하는 말
함께 살자!
하늘 위에도 허공 위에도 길바닥 위에도
쉬 꺼지지 못해 살아 숨 쉬는 가슴팍에도
수없이 썼다가 지운 말
함께 살자!

분노의 주먹이 날아가서 하는 말
통한의 눈물이 세상을 적시며 하는 말
뒹구는 혼들이 아우성치며 하는 말
떠도는 혼들이 한이 되어 내뱉는 말
함께 살자!
간절한 촛불이 흔들리며 하는 말

함께 죽자고 외치기 전에

마지막으로 해보는 이 말

함께 살자!

제발,

상처

상처 없이 살아가는 존재가 어디 있으랴.
옹이 없는 나무가 없고
벌레 구멍 하나 없는 이파리가 없거늘.
하늘에 뜬 태양도 상처가 있어 늘 타오르고,
하늘가에 걸린 조각달도
지울 수 없는 상처가 있어 남아 있는 것이거늘.
금강산 일만이천봉과 만산홍엽보다도
어여쁜 게 여인의 얼굴이라지만
그 또한 상처를 지우기 위해 아침마다
거울을 보고 화장을 하는 것.
돌아보면 저마다 가슴속엔 상처 하나씩이
여드름자국처럼 남아 있다. 그것이 인생.

고향

고향 하면 달이나 생각나지?
욕설이니, 술주정이니, 쌈박질 같은 것은 없고
앞산 뒷산에 그냥 달이나 덩실 떠 있을 것 같지?
아서라, 마지막 지하철을 타노라면
고래고래 술주정하는 놈들
영삼이 대중이 막막 부르며 맞장구치는 놈들 있어
고향을 느낀다
눈물 펑펑 나는 어머니를 느낀다
그런데 어느 잡놈이 슬슬 피하다
"전라도놈들!"
금속성 소리 내뱉고 지나가는고.

5부 ― 나를 만지다

꽃

아프다, 나는 쉬이 꽃망울을 터트렸다
한때는 자랑이었다
풀숲에서 만난 봉오리들 불러모아
피어봐, 한번 피어봐 하고
아무런 죄도 없이, 상처도 없이 노래를 불렀으니

이제 내가 부른 꽃들
모두 졌다

아프다, 다시는 쉬이 꽃이 되지 않으련다
꽁꽁 얼어붙은
내 몸의 수만 개 이파리들
누가 와서 불러도
죽다가도 살아나는 내 안의 생기가
무섭게 흔들어도

다시는 쉬이 꽃이 되지 않으련다.

나를 만지다

어둑발 내리고 또 혼자 남아 내 몸을 가만히 만져보네. 얼마 만인가. 내가 내 몸을 만져보는 것도 참 오랜만이네. 그래, 기계처럼 살아왔으니 고장이 날 만도 하지. 기름칠 한번 없이 돌리기만 했으니 당연한 일 아닌가. 이제 와서 닦고 조이고 기름칠 한들 무슨 소용이 있나. 내 몸 곳곳의 나사들은 붉은 눈물을 줄줄 흘릴 뿐이네. 필사의 버티기는 이제 그만, 급기야 나사 하나를 바꿔볼까 궁리하네. 나사 하나쯤 중국산이나 베트남산이면 어때, 벼락 맞을 생각을 하기도 하네. 어둠 속에서 난 싸늘하게 굳은 나사 하나를 자꾸만 만져보네.

똥

설사도 똥이라고 석삼 년을 누다 보니
이 몸으로 무얼 하겠나 싶은 게
내리내리 부끄러웠거늘
오늘에야 누런 똥 누고 보니
옹골지구나 그놈
날 닮아 어미 속 어지간히 끓인 놈
속이 다 타서 없어지것시야 할 때까지
속 썩인 놈.

경배

사람은 똥이 가늘어지다
죽는다는 말이 있거늘,
십여 년 동안 물찌똥이나 싸다가
오늘 등 근육이 제법 단단히 붙은
똥자루를 보노라니
문득 절하고 싶어진다.
누런 뱀이 또아리를 틀고
부처님처럼 앉아
나를 빤히 쳐다보고 있으니
어찌 경배하지 않을쏜가.
하, 이놈 봐라!
머리를 연신 조아리는 나에게
호통이라도 칠 것 같다
아니 애써 동여맨 어제의 삶을
헤삭헤삭 풀어헤치며 놀릴 것만 같다.

하지만 그런들 저런들 어떠하겠는가.

미안한 말이지만 감동이란

이럴 때 쓰는 말이라는 생각만 들 뿐.

詩

어느 날
피투성이로 누워
가쁜 숨
몰아쉬고 있을 때

이름도 모를
한 천사가
제 몸을
헐어주겠다고 사뿐,

사뿐,

사뿐, 그 벌건 입속으로
걸어 들어온 뒤
다시 하늘로

총총
사라져간 것이었다

그 뒤 난
길에 침을 뱉거나
무단횡단을 하다가도
우뚝우뚝
걸음을 멈추곤 하였는데

그건 순전히
내 안의 천사가
발목을 잡았기 때문이었다

한강대교

네 사지四肢가 꽃대궁이라고 생각해보니 내 무거운 몸이 갑자기 흔들린다. 저 안 깊숙이에서 물 기운을 품어 올리는 꽃대궁이기에 내 무거운 몸을 통통 튕겨준다. 나 지금 물수제비처럼 날아서 간다. 네 꽃잎 위에서 내려다보는 물살은 잠시도 머뭇거리지 않고 몸을 뒤채인다. 멀미난다. 출렁출렁, 이렇게 술잔처럼 출렁이다보면 한 生이 증발할 것 같다. 요람에서 상여까지 이렇게 출렁거리다보면 이 고단한 여행도 끝날 것만 같다.

마지막 지하철

오늘도 말이어라우 술 젖은 발바닥으로 신도림역 팔십사 계단 숨가쁘게 뛰었어라우 마지막 지하철을 타기 위해 기나긴 그림자 헐레헐레 끌고 정신없이 온 것이지라우

지하철이야 와서는 토악질만 해댑디다 서러운 이빨 내보이며 나 같은 것들 줄줄이 줄줄이 토해냅디다

아따, 짐짝처럼 차곡차곡 쌓이면 어쩐답디여 낑낑대다 보면 집이사 나오것지라우

글씨 창밖 좀 봇시요 신문가판대에 기대어 세상모르게 잠든 사람하며 가는 열차 막 놓치고 으흐훗 지독한 웃음 내뱉는 사람에 비하면 우리사 천당행 열차에 오른 셈이지라우.

수산시장

바다를 꿈꾸는 점농어 한 마리 수족관을 튀어오른다 그 등성이에 반짝이는 비늘이 비명 같다

엄마를 따라온 사내놈들 왕방울 같은 눈으로 우와우와 소리 지르고 견학 온 계집애들 줄도미새끼 치어다보며 어머어머 소리 지른다

이층 횟집 왕고참 찍쇠는 호객행위를 하고 얼굴이 까만 신참내기 가시내만 대낮부터 화장실을 들락거린다

물고기 한 마리가 무한천공을 넘나드는 세상이다 캐나다産 바닷가재, 인도네시아産 새우…… 난 지금 중국産 농어 배달하러 간다

다락방 구석에는 때에 전 바지가 널려 있어서 새벽조의 한

소년이 그걸 베개 삼아 드르렁드르렁 잘도 코를 곤다 그 소리

가 마치 칼끝 같은 이 세상 다 알아버린 어른 같다 짐승 같다

밥

밥이라고 쓴다 울컥, 해 진다

한때는 밥에 지기 싫어

체 게바라의 삶을 꿈꾸기도 했었다

체를 흉내 내며 농성도 하고 연설도 했다

수배를 당해 떠돌거나 옥밥도 먹었다

결혼을 하고 밥그릇의 비애를 깨달았다

으스대는 갑 앞에서 마음이 상하다가도

어느새 머리를 조아리고 있었다

굴욕은 잠시,

모든 것은 지 나 간 다, 하고 스스로 위로했다

비굴하게 몇 마디 비위를 맞추고 돌아오다가

괜히 길가의 돌멩이를 걷어차기도 했다

혼자서 걷다보면

손가락이, 머리가 아닌 온몸으로 쓰자는

젊은 날의 초심이 떠올라 목이 또 메어온다

아비

연탄장수 울 아비
국화빵 한 무더기 가슴에 품고
행여 식을까봐
월산동 까치고개 숨차게 넘었나니
어린 자식 생각나 걷고 뛰고 넘었나니
오늘은 내가 삼십 년 전 울 아비 되어
햄버거 하나 달랑 들고도
마음부터 급하구나
허이 그 녀석 잠이나 안 들었는지.

6부 — 기억을 만지다

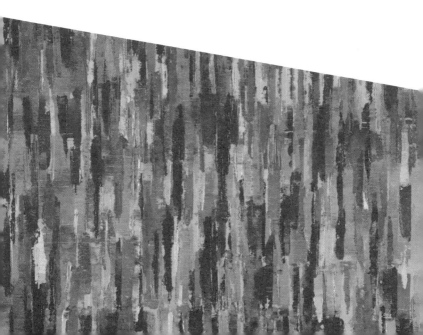

펌프의 꿈

이게 뭐지,
화석처럼 굳어 있는 게 신기했던지
고추잠자리 한 마리 날아와
낡은 펌프 손잡이를 움켜쥔다
한때는 동네 사람들이
줄을 서 펌프질을 했으리라
아낙네들은 와서 누구 사내는
펌프질을 잘한다네, 못한다네 하고
한참을 히히덕거리다 가고
온종일 동네 어귀에서 놀다 온 아이들은
지들끼리 등목을 하며 으으으 으으으,
새까만 몸을 마구 비틀었으리라
그걸 본 계집애들은 또 까르르르 웃다가
발그레한 얼굴로 돌아갔으리라
저게 죽어서 고철이 된다고 생각하니

괜스레 쓸쓸해진다

나라도 마중물이 되어 저 목울대를 타고

캄캄한 어둠 속으로 기꺼이 들어가

손을 내밀고 살을 섞고 싶다

그때면 낡은 펌프도

울컥울컥 울음을 토해내다가 말하리라

등목 한번 할래?

싸움질

신안골에 싸움질 일어나면
사람들 은근히 좋아들 하네
욕이라도 몇 됫박 퍼부으면
자기가 하는 것처럼 시원키만 하네
오늘은 연탄집 김씨하고 토백이 박씨가
신세타령 술 먹다 으레껏 일어난 일
"이 새끼 배부른게 싸가지 없네."
"돈 있고 주먹 있는 놈 나오라 그래."
신발집 신씨는 흥 돋구러 다가가고
아쉽게도 말리는 이 있다면
"이 새끼 기름기 묻은 놈 아니어?"
"야 자슥아 좆 달린 놈끼리 붙는데 넌 뭐여?"
이래저래 한판이 슬쩍 기울라치면
막걸릿집 김노인이 웃음을 보내네
싸운 사람이야 시원하게 들이켜고

구경꾼은 공짜 술로 배 채우네

아낙 몇이 막말로 속닥거리고

젊은 놈은 아쉬워 주먹을 쥐어보고

밤이 한참 가는데 가로등도 즐거워라

몇 집 깨진 스레트 사이로 불빛만 외로이

신안골 싸움질은 밀린 짜증 밀어내고

신안골 싸움질은 배만 부르다.

외로울 때는

아름다운 것은 언제나 가슴에 있다.

외로우면 외로울수록 가슴에 박아둔 기억을 꺼내

불씨를 지펴보자. 다섯 살배기 난

원 투, 원투, 원투, 젊은 아비의 손바닥에

원투 스트레이트를 날리고,

젊은 아비는 아비대로 손바닥을 호호 호호 불며

엄살을 떤다. 그 곁에서 젊은 엄니는

밥이나 멕이고 또 놀아유, 므훗므훗 웃는다.

살아있는 것은 언제나 가슴에 있다.

오늘도 그곳에선 어둑발 내리고

젊은 엄니가 날 부르는 소리 담을 타고 넘는다.

엄마의 집게

집게의 두 다리 사이로 만만한 세상이 보였다
세상에 집어올 수 없는 물건도 있다던가
엄마의 집게는 늘 세상을 향해 으르렁거리고 있었다
불독 이빨보다 더 강한 엄마의 그것
한번 물면 이빨이 부러질지언정 놓아주는 법이 없었다
귀퉁이가 닳은 책상이며 뚜껑 없는 쌀독 심지어는
구멍 난 양말쪼가리까지 덥석덥석 물고 왔다
홍수가 나던 해 물 만난 집게는 분주히 움직였다
비좁은 마당엔 떠내려온 물건들이 득시글거렸다
우린 그게 또 부끄러워 멀리서 지켜보았다.
제 동무들의 팔다리를 마구 끊어놓는 바닷가재의 집게보다도
우는 아이들까지 집어간다는 넝마주이의 집게보다도
더 단단하고 높고 질긴 엄마의 집게
사람들은 딸부잣집인 우리 집에서 아들이 하나 생기자
그 아이도 어디서 주워온 모양이라고 수군거렸다

막내는 지금도 아버지의 낡은 사진을 빤히 들여다보곤 한다

소나기

1

투두둑 투둑, 다 뛴다
엄닌 흐옇게 변한 낯으로 손 내저으신다
애, 애야, 빨래 걷어라

숙희라는 년,
먹구름이 밀려와도 천하태평이었지
태연히 엉덩이 까고 앉아 새로운 길 잘도 만들었지
오줌발 한번 기똥찼지

함석지붕을 때리는 빗소리 총소리 폭포소리
우리 삼형제 마루 끝에 나란히 서서
풋고추 내놓고 갈겼지
내가 일등났지

소나기 지나간 뒤 볕살도 반짝일 때

개울로 달려가 쪽대 걷어 올리면
은빛 배때기를 까뒤집는 그 찬란한 피라미떼들

2
밤새 쓴 편지 한 장 전해주려다 보았지
그녀가 내걸은 일곱 색깔 무지개

우리 둘 우산 속에서 자꾸 살갗이 닿아 콩닥콩닥,
이 저 어깨 다 젖는 줄도 모르고서 두근두근,

그녀는 비닐우산 버리고 첨벙첨벙 내달렸어
아랫도리까지 젖은 나도 냇가에 풍덩 빠질 수밖에
둘이서 히히 웃을 수밖에

3

흰구름으로

둥싯

떠올라도 될 것을

스무 살 내 청춘

먹구름으로 몰려다녔어

소나기

한 줄금 되어

어딘가로 스며들고 싶었지

옥문

열고

나왔더니

빗방울이 떨어졌어

아내는 그제사

부음 한 통 전해주었지

소나기 탓인가

무릎

꺾이더군

장화여행

시렁 위에 모셔둔 노란 장화를 보노라면 겨드랑이엔 어느새 지느러미가 돋아나 상상 속을 날아다녔다. 노란 장화만 신으면 그 어디에든 가 닿을 수 있을 것 같았다. 달나라가 별거냐, 방게방게 떠가면 달나라였다. 난 그때 바람 한 점 새겨진 돌멩이 하나를 슬그머니 놓고 오기도 했다. 그러던 어느 날 비가 내렸다. 난 사방팔방 뛰어다녔다. 물웅덩이를 만나 첨벙첨벙 뛰기도 했다. 황금빛 지느러미가 파닥일 때마다 흙탕물이 튀었다. 서울깍쟁이 아가씨가 지나다 에구머니나, 하고 물러섰다. 그러거나 말거나 난 오래오래 세상의 등짝을 두들기고 있었다.

반란군 뙤똥

네가 누운 무덤 가만히 보니
스물둘 서리꽃만 엄청나게 피워대는
그랬구나 산이었구나
젊은 울아비들 불러가선 영영 보내지 않는
바로 그 산이었구나.

제사

꼬막손 돌이가 진달래 한아름 꺾어와선 상 위에 사알짝 내려놓더니 아버질 보네요 까만 너털웃음으로 여기저기 굽어보는 낡은 사진을 보네요

읍내 나간 누이야 연탄 똥구멍에 사내끼 묶어 들고 와선 밑불을 지피더니 명태를 뒤적거리고요

어머닌 쌀 한 주먹 얻으러 갔지요 그래요 오늘만은 쌀밥을 한다지요 보리쌀 밑에 깔고 쌀 한줌 우에 얹어 쌀밥 한 그릇은 만든다지요

산달이 슬슬 먼발치서 떠서는 어디 보자 어디 보자 구석구석 어둠을 몰아내네요 도둑놈순사잡기 놀이에 정신없는 아이들이야 서로 먼저 순사를 잡겠다고 난리고요

반도의 아버지들

아버지여

이 땅의 허기진 사람들만 일어나

어진 아내에겐

무너지는 웃음을 애써 남기고

잠든 어린 딸에겐

열 번 스무 번 울음 적신 당부해놓고

한 발 한 발 살을 쥐어뜯는 신음으로

걸음걸이 내디뎠을 반란군 아버지여

가서는 무엇이 되었는가

이 마을 저 마을로 불어대는 소문이 되었는가

죽음을 넘어 못다 사른 어둠을 밝히는

밤마다 울 벌건 달의 가슴이 되었는가

아니면 아버지여

피아골 넘어 한 번 가서는

천왕봉 어드메쯤에서 길을 잃었는가

아니 갈 길을 올 길을 서성이다

끝내는 주저앉아 천왕봉의 고개가 되었는가

아버지여 아버지여

무덤에서 무덤으로 손짓만 하는

그런 기나긴 밤이 흐르고

이 땅의 아버지인 아들 하나 다시 일어나

빈 술집에서 장터에서

붐비는 사람들 틈바구니에서

갑자기 불러본 이름 아버지여

그 사무친 역사여.

말 없는 역사

아버지여

간도땅으로 쫓겨갈 땐

백두산 천지 물먹으러 가지 하시던

맨손으로 돌아와서도

어허 고향땅 거느리는 상팔자시 하시던

묻지 마라 갑자생 아버지여

보리 갈아 보리죽이요

쑤시 갈아 쑤시죽 먹을 땐

어따 훌훌 잘 넘어가서 좋다 하고

누룩나무 껍질이나 칡캥이나

아무거나 캐어서 절구통에 찧어 먹을 땐

어따 씹는 맛이 제일이시 하시던

아버지여 아버지여

언챙이 밤팽이 산머슴들 모여

온밤을 수군덕거리더니

난리가 나고

아랫마을 최부자가 죽었더라

둔동마을 너른 땅 아이고아이고 다 남겨놓고

빌려준 돈 다 못 받아놓고

배보양반 최부자가 죽었더라

누가 울어나 줄까 아짐씨들

산밭에 앉아 노닥거리고

미친개들이 컹컹 마을을 짖고

토벌대다 토벌대다 아이들이 허둥대면

산으로 산으로

애기를 놔두고도 오르고

이고 온 물동이도 내던지고 올라가버리는 사람들

앉은뱅이 병신만 남아

반란군 따라다니다 발이 얼은 새끼라며

개머리판으로 맞아 죽었는데

열여섯 순이만 남아

반란군 첩자라며 대밭으로 끌려갔는데

아버지여

삼십 년 지게목발 두드리며

끄덕끄덕 산에 오르는 아버지여

토벌대가 되고 싶다던 아이를

대나무가 갈기갈기 실처럼 찢어지도록 때리고선

말도 마라 이눔아 하며

휑하니 앉은뱅이 시신을 지게에 싣고

흙 묻은 삽 하나 들고 그날도 산에 오르던 아버지여

뉘는 무던한 사람이라고도 하고

뉘는 속 깊은 사람이라고도 한다지만

돌아와선 말없이 새끼를 꼬는 아버지여

그 무딘 손으로 한 타래 한 타래

색시같이 새끼를 뽑는

말 없는 신음이여.

달인이 되려면

귀신같이 연을 잘 날리려면 이 정도는 돼야 하지.
연줄을 세상에서 가장 아름다운 칼로 만들어
지휘자의 손끝처럼 부드럽게 놀릴 줄 알아야 해.
눈에 잘 보이지도 않을 그 칼은 뭉게구름을 뭉텅뭉텅
잘라낼 수 있을 만큼 위력을 지니고 있어야 하지.
뭉게구름을 잘게 잘게 썰어 비단구름을 만드는 것쯤은 기본.
때론 그것들이 또 세상을 내려다보게도 만들어야 해.
잘게 잘게 부서진 채 떠다니는 건 비단 구름만이 아니라
끝없이 펼쳐진 들판과 인간들일지도 모르는 일이잖아.
진정한 달인이라면
바람이 허공을 가르면서도 그 흔적을 남기지 않듯이
허공 위에 칼금을 그으면서도
스스로 또 그 상처를 지울 줄 알아야 해.
그리고 어느 순간 접어야 할 때가 되었다 싶을 땐
저를 과감하게 놓아버릴 줄도 알아야 하지.

하늘호수에 잠겨

점 하나로 사라질 수도 있어야 한다는 말이야.

술

늬 아빈 논둑 밭둑 그 어디에서도
술에만 젖은 사람이었어
그것도 거친 손으로 온 집 안을 뱅뱅 돌다가
농약병이나 치켜들 주정꾼이었지
나야 뒈져라 콱 뒈져라 한다지만
뒤주 우에 놓인 농약병은 언제나 무서웠어.

별리

가장 큰 이별은 언제나 가슴 한켠에 길을 낸다

거기엔 늘 비바람 불고 눈보라 몰아쳐

온몸을 떨며 흐느끼게 하고 젖어들게 한다

괜찮아, 어여 가, 숨이 넘어갈 때까지

나를 한사코 떠밀던 울아부지 죽어서야 호강했다

젊은 염습사가 와서 난생처음 화장을 해주니

그저 지그시 꿈을 꾸듯 눈을 감고 있을 뿐이었다

너희 아부진 죽을 복을 타고 났구나,

나보다 먼저 죽는 게 대복이지 뭐냐,

홀로 남은 엄니의 그런 궁시렁거리는 소리

들으며 듣지 못하며 먼 길 떠나셨다

일평생 맛있는 흙만 파먹고 살아온 울아부지

마침내 흙이 되었다, 흙이 되다가

외로울 땐 잠시 풀꽃으로 피어나기도 하고

때마침 솔바람이라도 불어준다면 그 향기 앞세워

문지방으로 냉큼 돌아와 다시금 넘어설 것이다

7부 — 역사를 만지다

아버지

1. 붉은 피 서리를 두르고

아버지여 당신께서
맨 지게에 나무 석 짐 휘영청 지고
지게 목발 끌며
소를 몰고 끈덕끈덕 돌아오실 때에
머얼리선 바알간 석양이
당신의 이랴이랴 소리에
궁둥이를 슬쩍슬쩍 틀었지요
그때면 싸립에 섰던 아이가
아버지 하며 쪼르르 달려와선
소고삐를 얼른 잡았고요.

음매! 음매에!

그래요 당신께선

풀무더기 밟은 짚새기 신을

개울가에 달랑 벗어서

저무는 햇살에 슬쩍 밀어 놓고는

발을 담갔지요

그때면 또랑또랑 흐르는 개울물은

네가 바로 머슴이구나

삼대째 내리내리 머슴이구나

그 큰 발자욱만 보면 안단다 하며

흘러흘러 가버리고요

그래요 그쯤이지요

가을산이 미쳐서 머리를 풀고

부푼 소문으로 하산하더니

백년 흙담을 뿌리째 넘어뜨릴 때가

흙토방에서 문지방으로 날며

빈 방에도 앉고 살강 우에도 앉을 때가

백주대낮에 창자까지 긁어 팔 때가

주인나리야

논에서 어찌 밭을 갈고

밭에서 어찌 논을 갈겠냐고

난리통에도 에헴에헴 호령이나 했다지만

그래요 당신께선

산밭에 누워 잠시나마 꿈을 꾸었겠지요

죽창 들고 쇠스랑 들고

온 마을 온 산하를 자랑처럼 누볐겠지요

이를 어째

천벌 받을 그 꿈을 어째

날이 저물도록 땀으로 온몸을 감고서

옷깃을 추스리다 다시 한번 삭신을 떨 때까지

들풀 하나에도 넋이 있어
쓰러지지 않고는
땅속까지 쓰러지지 않고는
끝내 다 못 피우듯이
알지요
녹두벌 먼지 속을 뛰쳐나간 심정이야

여기 소문의 씨들은
산녘에서 불어왔지요
아니 황토현의 아우성이
녹두벌의 횃불이
당신께서 패랭이꼭지 벗어놓고
치렁치렁 머리다발 휘날리며

북상 북상한 만큼이나

여기 소문의 씨들은

바람결에 갈기갈기 남하한 것이지요

차라리 들리지나 말 것을

우금치 마루에 질척이는

흰옷이여

붉은 피 서리를 두르고

풀마다 잎잎이 늙어버린 청산이여

까마귀가 나이 어린 동학군 눈깔을 쪼다가

끝내는 까악까악 살점을 토해내는

몸서리치는 밤이여

죽은 넋이 어데 가서 잠들리오

강가에 숨을 멈춘 꽃들도 얼었는데

죽은 눈이 어데 가서 감기리오

저녁 새도 날지 못하고

절룩절룩 곡을 하는데

달이 먼발치서 떠서는

차마 보지 못하고 먹장구름 속으로

고개 돌리고 말았는데

아, 죽은 입이 무엇을 더 말하리오

'백성이 한울님이여!'

아버지여 당신처럼

깔망태기 가득 짊어지고

소 한 마리 끈덕끈덕 몰아오면서 보았지요

붉은 노을이 온몸을 감고 섰데요

아비도 없이 돌아오는 외론 길을

버얼건 핏물 되어 온몸을 적시데요

하늘 밖에는 아우성이 노을로 일듯

노을이 아우성으로 일듯 불타는데

어쩌면 당신의 마지막 통곡 끝으로

세 번 열 번 이 몸을 부르는 듯

어쩌랴, 소 엉덩짝만 이랴이랴 쳐버렸지요.

2. 만주벌 치달리던 당신은

나이 어린 빨치산의 눈물을

저문 해가 비치니

눈물은 피가 되어 붉은 산을 다 적시는데

오 산천이여 아버지여

더는 흘릴 눈물조차 없이

누가

얼어붙은 손가락으로

썩은 나뭇잎 황토살 긁어 파서

먼저 간 동지를 눕혔는지

과연 누가

솔나무 누룩나무 가시나무 가지에

허연 옷자락 듬썩 찢어 묶어두고

언제 다시 오마던

가슴 타는 약속 남겨두었는지

오 압록이여

네가 흐른다

백년 천년 흙묻은 발바닥들이

두리번두리번 건너다

얼마나 많은 피를 쏟고

얼마나 많은 눈물을 뿌렸는지

오 네가 흐른다

그런 핏물로만 눈물로만 덮여

이다지도 천길을 서두르는 네가

아우성치며 흐른다

너는 알 것이다

누가 무릎까지 쌓이는 눈길을 거슬러

누가 만주땅 안아보았는지

구부렁구부렁 산고개 넘다

돌아보면 지나온 고개는 얼마며

두고 온 코흘리개 자슥놈은 어떠하며

너는 알 것이다

그 눈길 눈물길

오직 빨치산이 되겠다던 사내 머리 우에

어디서 온 눈발이 쌓이는지
애타게 애타게
두고 온 병든 어미의 신음으로 와서
쌓이는 것은 또 아닌지

그러나 아버지여 맹세여
빼앗긴 조선의 어둠이
백두를 두르고 감돌 땐
허기진 당신만이 오직
백두산 이마 우에 우뚝 서
빼앗긴 조국 산천 둘러보았네

빼앗긴 조선의 어둠이
천지 호수에 떨어질 땐
배곯은 당신만이 오직

천지물 한줌 떠다가
그 어둠자락 씻는다 하였네

그리하여 아버지여
당당하게 치켜든 당신의 깃발은
우리들 가슴마다에 남아 있네
아니 여기 조국산하 곳곳에 휘날리고 있네
당신께서
핏발 선 눈으로 한없이 쳐다본
저 하늘 가운데에서
살마른 빨치산 당신의 등짝을 가리우던
나무 나뭇잎에서
아니 산이면 산 강이면 강
돌 하나 풀 하나에서
아니 올망졸망 자욱 난 오솔길에도

백년을 허기진 깃발들 거듭 울려오네
아버지 당신의 발길로, 자랑으로.

3. 지리산에도 비가 내리고

아버지여
북쪽 들에는 웃음이 무성하나요

당신께서 넘어간 산고개는
어느 메뿌리를 세웠기에 저리 높은가요
북녘으로 머리를 두고
남녘으로 다리를 뻗고
누가 이마를 깎았기에 그토록 가파른가요
아비도 아재도 늙은 당숙까지 넘어간

그 고개는

영영 돌아올 수 없는 그 깊은 고개는

어쩌지요

나이 어린 혼들이

날지도 떠돌지도 못하고

땅살에 반쯤 박혀 엎드려 있는데

어쩌지요

나이 어린 송장들이

제 몸도 가리지 못하고

앙상히 북쪽만 바라보고 섰는데

어쩌지요

파리한 죽창 하나 쑥대밭에 꽂혀

즐비한 시체를 지키는데

말없이 비껴 서서 눈물만 훔치는데

아니 깃발은 어데 두고 북쪽만 바라보는데

성난 비바람은 비린내를 핥고

외로운 빨치산의 분노로 하산하는데

저 산막엔 누가 또 살았길래

푸른 이끼만 시퍼렇게 자랐나요

누구의 얼굴로 두 눈 치뜨고 자랐나요

산새 하나도 멀리서 돌아가고

그 무섭다던 산짐승 발자취도

끊어진 지 오래건만

저 산막엔 누가 또 누웠나요

알지요

가난한 장자끼리 독기로 비틀어져

그 깊은 산에서

주먹 맞잡은 심정이야

더러는 죽고 더러는 살아서

동지의 핏빛 가슴을 밟고 넘는 발이야

아니 살 떨리는 분노가 넘쳐도

한 주먹 눈물을 훔쳐놓고

허리춤에 쓱쓱 문질러버리며

지나야 하는 가슴이야

알지요

뒹구는 혼들만 아우성치는 노한 밤에

지리산에도 비가 내리고

그런 굵은 빗물이 오래도록 계곡을 쓸면

피 썩은 비린내로 온 산이 몸을 떠는데

남은 빨치산만 아무데나 앉아
서로의 눈물을 씻어주는 심정이야

그래요
이슬 젖은 뼈들이 달빛에 번득이고
피 젖은 살점이 썩어썩어
남쪽언덕으로 소문되어 내려왔지요
어쩌지요
남은 아낙들만 창자가 뒤틀리는데
어쩌지요
북녘소문에 떨리는 몸 잡지 못해서
해가 다 지도록
아득한 지리산 허리를 감고 섰는
그런 어머니는 어쩌지요

쓸쓸한 울타리 비껴 싸립문 젖히면
짝잃은 기러기만 제 그림자를
질질 끌고 가는데
엄닌 봉창문을 다 열어놓고
제 그림자만 보고 있지요

밤이면 또 외로 앉아
방망이만 두드리지요
떠난 지아비 옷가지를 꿈꾸듯이 두드리지요
섣달 바람이 째진 봉창문을 비집고
그나마 닳은 등잔불을 흔들어버리는데
행여 추위에 막혀 오던 길 돌아갈라
행여 어둠에 막혀 오던 길 돌아갈라
어머니는 방망이를 두드리지요
세상 막혀도 천리만리 소리 길로 트여

지아비 부르는 거지요

아버지여
당신이 있으니
사람 사는 집이 있고
길짐승 하나에도 신명이 있고
논밭에는 그나마 웃음이 있었지요
그러나 당신이 없으니

당신이 떠난
사랑방 개머슴 방에는
메주 두어 덩어리 못걸 우에 걸려
갈라진 골짝마다 허연 꽃을 피우고
곰팡내인지 꼬랑내인지 늙은 당신 냄새로
아직껏 남아 간질간질거리네요

낭신이 떠난

대숲 우거진 이 마을에는

햇그늘에 대숲이 북쪽으로 고개 돌리고

길다란 귀를 세워 긴긴 소문을 기다리고 섰지요

목이 가는 새들만 조잘조잘 거리며

동구 밖을 넘나들고요

그래요 남은 사람들만

사는 대로 살아가지요

난리통에도 깔 비러 가는 아이들이 있고

난리통에도 쑥 캐러 가는 가시내들 있어

산가에 너즐어진

찔레순도 따 먹지요

온 산이 저물어가도록

찔레술에 취해

내려오는 길엔 찔레내음만 푹푹 풍기고요

어머닌 쑥캥이 칡캥이만 캐먹다
온몸이 띵띵 부은 아들놈 살려야겠다고
쌀 한줌 몰래몰래 꺼내놓고
오늘은 쌀죽을 끓인다지요
어쩌다 오른
밥짓는 연기가
서리에 젖어 절룩절룩 머리를 푸네요
안개처럼 초가지붕을 덮기도 하고
구름처럼 감꽃을 휘어감고
오랜 말을 하네요
지나던 아이가 보면 가까이도 내려오고
잠깐 헛눈을 팔면 간다는 말도 없이
벌써 저만치 가버리네요

기다란 머리는 누이를 닮고

집밖을 빙빙 도는 것이 아비를 닮았네요

온몸을 뒤척거리는 뒷모습은

분명 어미를 닮아

조금만 바람이 불어도 뛰어가고 마는

하여, 찾아보면 살강에서 울고 있는

분명 어미를 닮아

오늘도 하늘가에 눈물을 뿌리고 마네요

온몸을 쪼개면서

아비 따라 북녘으로 사라지고 마네요

아버지여

북쪽 들에는 웃음이 무성하나요.

4. 오월의 하늘을

백년산에 버려진 돌들이
백년이나 울었지요
울다가 울다가 백년이나 늙었지요
아니 아직도 다 울지 못해
만산에 살구꽃 피어 온 마을을 적신 거지요
만산에 진달래 피어 온 사람을 부른 거지요

하여 아버지여
당신은 눈을 주셨지요
오월의 하늘을 보게 하셨지요
석수쟁이 묘비처럼 부연 얼굴로
움직일 줄도 모르는
저 난자당한 오월의 하늘을 보게 하셨지요

그것은 피젖은 갑오년의 발길 발길이었어요

그것은 나이 어린 빨치산의 주먹이었어요

기어코 6월로 만나보는 핏줄 한뭉치였어요

당신은 귀도 주셨지요

떼죽음을 당하고 암매장 당했던 거기

지금도 변두리 기슭에선

논두렁이나 산밭 모퉁이 매다가도

집이나 샘을 파다가도

몇십 구씩 허연 뼈들이 속창을 파 마치

설죽은 아버지의 신음을 내고 있지요

우리는 듣고 말았어요

당신은 가슴을 또 주셨지요

아들놈 죽음 앞에서

네가 흘린 작은 눈물은

네 작은 주먹처럼 서러운 통곡이지만

내가 돌아서 흘린 눈물은

그냥 피라며

너에게 보여줄 수 없는 부끄러운 피라며

손가락을 깨무시는 어느 아버지의

오십 년 사무치는 역사를

느끼게 하셨지요

당신은 주먹도 주셨지요

대낮 천지에 송장이 가고

군화발에 지근지근 밟힌 송장이

가슴까지 난자당해 가고

머리통이 짓이겨진 송장이

빗발치는 신음으로 가고

누린 자의 입속으로 머리속으로

외세의 가슴팍까지

삼천날 피 토하러 가고

삼천날 목을 쥐러 가는

하물며 산자들의 주먹이야

가야지요

아득히 천리 만리도 가야지요

사무치는 삼백날 한으로

복받치는 설움으로

갈아엎는 배고픔으로 가야지요

절며 울며

뛰며 몸서리치며 끝내는 가야지요

다시 올 수 없다 해도

모진 바람에 생목을 꺾인다 해도

기어코 가야지요 내 나라로 가야지요

우리 어머니들의 나라

우리 아버지들의 나라

우리들 하나인 나라로

가고 가야지요

아버지여

죽고 죽어서

이어온 숨결이여

당신은 죽어서가 아니라

살아서 여기 있습니다

우리들 억센 주먹 속에 환한 봄날로.

해설
—
꽃을 잃고, 그는 쓴다

방민호(문학평론가, 서울대 교수)

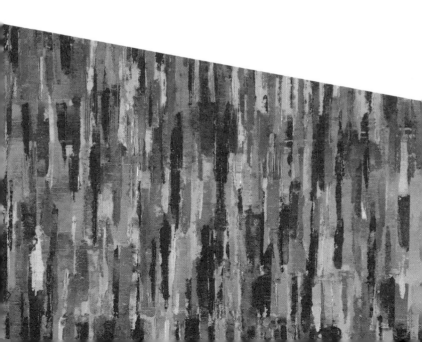

꽃을 잃고, 그는 쓰다

─오봉옥 시선집 《나를 만지다》에 부쳐

방민호(문학평론가, 서울대 교수)

1.

오봉옥 시인의 시선집 《나를 만지다》 원고를 들여다보다 가장 먼저 눈에 들어온 시가 있다. '꽃'에 관한 것이다. 꽃을 잃어버린 일에 관하여 쓴 것이다. 이를 살펴보면 다음과 같다.

아프다, 나는 쉬이 꽃망울을 터트렸다

한때는 자랑이었다

풀섶에서 만난 봉오리들 불러모아

피어봐, 한번 피어봐 하고

아무런 죄도 없이, 상처도 없이 노래를 불렀으니

이제 내가 부른 꽃들

모두 졌다

아프다, 다시는 쉬이 꽃이 되지 않으련다

꽁꽁 얼어붙은

내 몸의 수만 개 이파리들

누가 와서 불러도

죽다가도 살아나는 내 안의 생기가

무섭게 흔들어도

다시는 쉬이 꽃이 되지 않으련다.

—〈꽃〉 전문

  여기서 나는 자신이 부른 꽃들이 모두 져버렸다는 화자의 비애감에 주목한다. 이런 표현을 어디서 또 본 적 있었던가.

  뜻밖에도 이는 일제강점기의 시인이자 작가였던 이상의 작품에서였다. 이상이 세상을 떠나기 전 마지막으로 쓴 단편소설 제목이 바로 〈실화〉, 그러니까, '꽃을 잃다' 또는 '잃어버린 꽃'이었다. 아마도 1998년 가을이나 겨울이었을 것이다. 나는 자취방 같은 누추한 방에 들어앉아 밤낮으로 소주만 마시고

담배만 피우는 부랑아 같은 모습으로 그 무렵 〈내일을 여는 작가〉라는 잡지에 시 평론을 쓰는 일을 했다. 그때 쓴 글의 작은 제목 중 하나가 '꽃을 잃고 나는 쓴다'였다. 꽃을 잃고도 글을 써야 했으니, 나 또한 그때 이 시선집의 주인처럼 꽃을 잃어버린 것 같은 고독한 절망감에 사로잡혀 있었던 것 같다.

　이상은 일본에서 〈실화〉를 썼다. 세상을 떠나기 불과 몇 달 전이었다. 그는 무슨 꽃을 잃어버렸던가. 이 글에서 그것을 자세히 설명할 수는 없다. 다만, 그것이 자기 자신의 목숨 같은 알레고리적 창작방법을 가리키기도 하고 그것을 고수하던 작가 자기 자신이기도 했다는 점만 밝혀둔다. 또 이상의 복잡한 사랑을 의미하기도 했다는 것도. 소설 〈실화〉에서 이상 자신을 꼭 빼닮은 주인공 화자는 일본 도쿄의 신주쿠 캄캄한 밤거리를 걷는다. 그는 자신이 고집해온 알레고리를 버리고 새로운 문학적 출발을 이루어야 한다는 괴로움을 안고 있었다. 자신이 식민지의 자식이라는 자각이 현실을 추상적으로만 묘파하는 알레고리의 권능을 의심케 했던 것이다. 그는 자신의 하숙집에서 외출할 때 가슴에 꽂고 나온 흰 국화 한 송이를 어딘가에 잃어버리고 한밤의 거리에 홀로 서 있다. 그래서 이 소설 제목이 '실화'이고, 그 잃어버린 흰 국화 자체가 이미 무엇인가를 잃어버렸음을, 무엇인가가 죽어버렸음을 상징하는 기능을 한다.

말하자면 그는 문학적 신념을 잃어버린 것이었다. 문학적 신념의 상실이란 곧 세계관, 세계의식의 상실이기도 하다. 신념을 잃어버린 존재, 자신이 굳세게 밀고나가기 마지않던 가치와 의식을 내려놓아야 했을 때, 그는 이를 꽃을 잃어버린 것이라 표현했다. 꽃은 우리가 상상할 수 있는, 세상의 가장 아름다운 것, 소중한 것, 숭고한 것이기 때문이다.

이 시선집의 주인 오봉옥 시인은 위에 인용한 시에서 다시는 쉽게는 꽃이 되지 않겠다고, 꽃을 피우지 않겠다고 말한다. 그것이 얼마나 많은, 깊은 통증을 예비해두고 있는가를 이미 깨달았기 때문이다. 시에서 그는 죽었다가도 살아나는 자기 안의 "생기"를 언급한다. 그 생기가 그를 무섭게 흔들어 다시 한 번 약동하는 삶 속으로 밀어넣는다 해도 자신은 결코 쉽게는 꽃을 피우지 않으리라 말한다. 꽃을 피우는 데 대한 이 단념, 의식적인 거절에서 나는 시적 화자, 곧 오봉옥 시인의 상실의 깊이를 가늠한다. 그것을 칸트가 숭고에 관하여 쓴 어법을 빌려 표현하면 단적으로, 절대적으로 큰 상실이다. 그가 품었던 숭고의 크기가 바로 이와 같은 상실을 가져왔으리라.

2.

꽃을 잃고도 살아남은 자는 살아야 하며 시를 쓰는 자는 그 천품을 거스를 수 없다. 자신을 사로잡고 있던 숭고한 이상의 빛이 사그라졌을 때, "아무런 죄도 없이, 상처도 없이" 부를 노래가 메아리조차 얻을 수 없이 사라져버릴 운명에 처한 것임을 깨달았을 때, 그런데도 그 삶을 견뎌나가야 하고, 시를 쓸 수밖에 없을 때, 그는 다시 어떤 노래를 부를 수 있을까.

이 시집에서 나는 그 몇 가지 전형적인 사례들을 발견하며, 이를 몇 편의 시를 중심으로 이해해보고자 한다.

(가)

내 스스로 머리 위에 땅땅 내려치는 장대비가 되어 너에게 가는 마음 뚝뚝 자르곤 한다 내 스스로 상처 속 군데군데를 헤집고 다니는 병균이 되어 너를 향한 마음에 다시 불을 지르곤 한다 하루에도 열두 번씩 세상천지에 죄 아닌 게 있던가 하고 달려간다 네게로 가는 가시울 너무 높아 핏빛 발자국을 찍다가도 아니지, 이게 아니야 다시 돌아서고 만다 그 홀로 돌아선 발자국 지우고 만다 그 흔적 속에 너도 첨벙, 빠져들까봐 그게 또 두려워서.

　　　　　　　　　　　　　　　　—〈너에게 가는 길〉 전문

　낙원이 따로 있나. 황사 날리는 들판이 따뜻한 낙원이다. 들꽃이 따로 있나. 나이 어린 쿠르테가 들꽃이 되어 돌아온다. 바람에 서걱이는 갈대처럼 휘파람 불며 돌아온다. 산 자와 죽은 자가 따로 있나. 널리고 널린 뼛조각 하나 태연하게 들고서는 등이 가려웠는지 제 마른 등짝을 긁어달라고 한다. 쿠르테의 부친은 내 손을 잡아끌더니 피리 하나를 보여준다. 십팔 세 소녀의 허벅지 뼈로 만든 피리란다. 나보고 한번 불어볼 거냐고 손시늉을 하더니 이내 곧 먼 데를 바라보며 구슬픈 가락 한 대목을 능숙하게 뽑아준다. 먹구름이 밀려와도 천하태평이다. 오늘도 쿠르테의 모친은 저만치서 펑퍼짐한 엉덩이를 천연덕스럽게 까고 거름을 주고 계신다. 길이 따로 있나. 바로 지금 그 어머니와 풀 한 포기 사이에 물길이 트이고 있거늘.

―〈경계가 없다〉 전문

　거미의 적은 이슬이다

　끈끈이 점액질로 이루어진 집은

　이슬의 발바닥이 닿는 순간

스르륵 녹기 시작한다

눅눅해진 거미줄로는

그 무엇도 붙들 수 없어

허공을 베어 먹어야만 한다

거미는 숙명적으로

곡마단의 곡예사가 된다

가느다란 줄에 떼 지어 매달리는 이슬을

곡예사가 아니고선

다 털어낼 수 없기 때문이다

이슬의 살은 공처럼 부드럽다

곡예사는 이슬을 발가락 끝으로 통

통 퉁겨보기도 하고

입으로 빨아들여 농구공처럼 톡

톡 내쏘기도 한다

작은 물방울들을 눈덩이처럼 굴려

크게 만들어놓은 뒤

새총을 쏘듯이 거미줄을 당겼다 놓아

다시금 새하얀 구슬들로 쏟아지게도 한다

이슬을 다 걷은 거미는

괜시리 한번 거미줄을 퉁겨본다

오늘도 바람이 불면 그물망 한 가닥

기둥처럼 붙잡고 흔들릴 것이다

그뿐인가,

팽팽한 줄이 퍼덕이는 순간

회심의 미소를 짓기도 할 것이다

—〈거미와 이슬〉 전문

위의 인용을 간단히 정리해보면, (가)는 사랑의 시이고, (나)는 새로운 세계인식의 시이며, (다)는 응시의 시다. 이렇게 명명해볼 수 있을 것이라 생각한다.

먼저, (가)의 시적 화자는 어떤 지극한 사랑의 깊이를 체험하고 있는데, 여기에는 이성의 빛도, 윤리적 규범도, 높은 세계를 향한 도약도 없다. 이것은 한 개체로서의 화자가 삶의 과정의 하나로서 겪어나가고 있는 "죄"의 고백이기 때문이다. 나는 여기서 시적 화자가, "세상천지에 죄 아닌 게 있던가" 하고,

자신이 처해 있는 상황을 수리, 즉 그 자체로 받아들이는 포즈에 주목한다. 지난날 그는 죄 없는 삶, 그림자 없이 빛으로만 가득 찬 삶을 살아가려 하지 않았던가. '이카루스'의 추락 이후를 살아가는 자로서 그는 이제 세계의 타락 한가운데 선 자신을 의식하며, 그럼에도 그것이 한 개체의 '진실한', 실존적 상황임을 안다.

물론 여기서 하나의 단서는 남겨두도록 한다. "내 스스로 머리 위에 땅땅 내려치는 장대비가 되어"라는 시구가 보여주는 자기절제, 의식적 단념, 거리두기를 위한 고통스러운 인내, 극기의 태도, 이것은 조금 전까지 앞에서 살펴본, "꽃"의 화자의 그것이 아니던가. 과거는 가도 흔적은 완전히 지울 수 없음이다.

한편, (나)의 시적 화자는 지금 몽골의 어느 초원에 서 있다. 그는 쿠르테라는 이름을 가진 어린 소년의 가족이 살아가는 모습을 바라보며 지상에 강림해 있는 "낙원"을 발견한다. 황사 날리는 들판, 널린 뼛조각, 화자에게 등을 긁어달라는 쿠르테, 소녀의 허벅지 뼈로 만든 피리를 부는 쿠르테의 아버지, 저만치서 초원의 풀들에 "거름"을 주고 있는 쿠르테의 어머니, 이들을 통하여 화자는 새로운 세상을 발견한다. "먹구름"이 밀려와도 이곳에서는 아무 걱정이 없을 것이다. 이미 산 자와 죽은 자가 하나로 연결되어 있으며, 사람과 초목이 자연적인 유대 속에 살아가고 있기 때문이다.

세상이 바뀌지 않으면 내가 변하여 똑같은 세상을 살 만한 것으로 새롭게 인식하는 것도 혁명이라고 할 수 있는 것일까? 나는 그렇다고 생각하는데, 왜냐하면 인간에게 현실은 여러 차원이며 자기를 바꾸어 세상과의 관계 방식을 바꾸어나가는 것 역시 새롭고 놀라운 현실의 재발견이기 때문이다.

그런데 한편으로 나는 이것이 단순한 자기 혁명만은 아니라 본다. 우리에게 있어 몽골이란 간단한 곳이 아니기 때문이다. 최근에 나는 백석의 말년에 관한 짧은 단편소설을 썼는데, 여기에는 젊은 날의 백석이 몽골에 가서 새로운 세계에 눈뜨는 장면이 들어 있다. 내 판단에 따르면 백석은 일제 때 실제로 몽골에까지 가보았고, 거기서 제국주의 같은 이념이나 세력에 의해 침해되지 않는 자연의 위대성에 눈떴고, 그것이 그의 이후의 삶의 방향에 깊은 영향을 미쳤다.

그와 마찬가지로 오봉옥 시인 역시 현실의 좁은 테두리를 뛰어넘는 법, 시각을 바꾸어 층위가 다른 현실로 구성되는 자연적 삶에 대한 비전 같은 것을 발견하고 있다. 그럼으로써 그는 꽃이 진 뒤에도 살아갈 수 있는 논리적 기초를 마련하고자 한다.

마지막으로, (다)는 구체적 대상을 거리를 두고 응시함으로써 삶의 양상들을 새롭게 이해하고자 하는 시인의 노력을 보여준다. 거미와 거미줄에 맺힌 이슬을 노래한 이 시는 낭만적, 이상주의적 열정이 잦아든 빈자리에 냉철하고도 차분한 관조와 그에 바탕한 삶의 성찰이 찾아들었음을 보여준다. 이제 그는 지금, 이곳에 없는 '헛것'에 들려 그를 찾아 비상하고자 하는 태도를 버리고 자신의 주위에 존재하는 대상들의 의미를 되새기는 작업으로 나아간다.

거미에게 이슬은 어떤 존재일까? 사람에게 이슬은 언제나 아름답고 순수한 의미와 가치를 지닌 물상이다. 아무도 이슬을 부정적으로 묘사하지 않으며 아침 햇살에 말라 소멸하는 것까지도 안타까운 슬픔으로 표현되곤 한다. 하지만 거미에게 이슬은 그의 삶의 장애물, 방해꾼이다. 거미줄을 녹여 없애는 이슬을 털어버리지 않고는 그는 삶을 영위해갈 수 없다. 삶의 원리가 각기 서로로부터 상대적일 수 있음이 이로써 드러난다. 자기만의 누대로부터 이어져온 기술을 발휘하여 이슬을 털어버리고 거미는 자기의 삶의 터전을 확보한다.

그러나 이런 장면을 시인은 왜 주목하게 되었을까? 삶들, 생명들이 저마다 엄정한 자기 논리를 지니고 있음을 긍정함으로써 그는 어쩌면 꽃이 지고 난 후에도 여전히 살아가야 할 자기 삶의 모습을 되새기고 있었는지도 모른다. 그렇다면 다음의 시도 그러한 또 다른 사례에 해당할 것이다.

나도 한때는 눈물 많은 짐승이었다. 이슬 한 방울도 누군가의 눈물인 것 같아 쉬이 핥지 못했다. 하지만 난 햇살이 떠오르면 숨어야만 하는 존재로 태어났다. 어둠 속에 갇혀 홀로 세상을 그려야 하고, 때론 고개를 파묻고 깊숙이 울어야만 한다. 전생에 무슨 죄를 지어 그런 천형의 삶을 살고 있는 것인가. 등에 진 집이 너무도 무겁다. 음지에서, 뒤편에서 몰래몰래 움직이다 보면 괜시리 서럽다는 생각이 들고, 괜시리 또 세상에 복수하고 싶어진다. 난 지금 폐허를 만들고 싶어 당신들의 풋풋한 살을 야금야금 베어 먹는다.

—〈달팽이가 사는 법〉 전문

나에게는 이 시도 단순한 관찰적 응시로는 읽히지 않는다. 말 못할 만큼 많은 사연을 가진 '자기'가 대상에 투사되지 않고는 이런 시가 쓰일 수 없었을 것이다.

3.

나는 이 시선집을 펴내는 오봉옥 시인과 〈문학의오늘〉이라는 잡지를 함께 편집하고 있다. 처음 이 잡지를 시작할 때만 해도 세상은 꿈쩍도 하지 않을 것 같았다. 문학적 상황을 가리키는 말이다. 지금은 다르다. 그 몇 년 사이에 표절 논란이 일었고 그에 이어 문단 카르텔이다 뭐다 하는 이야기들도 이어졌다. 새로운 힘과 논리의 출현을 고대하는 심리가 강하게 작용하게 됐다. 〈문학의오늘〉도 때마침 급한 위기에서 벗어났다. 어쩌면 더 오래 견디며 조금 더 길게 문학적 논리를 표명해갈 수 있을지도 모른다.

몇 년 연상이라고는 해도 이 오봉옥 시인이 그동안 겪고 헤쳐온 시대는 나와 다르지 않다. 지나간 시대를 문학으로 감당했던 점에서, 그는 나보다 훨씬 일찍부터 전문적인 문인의 반열에 들었고, 훨씬 더 깊은 노선의 문학에까지 직입해 들어갔다. 이 시선집에는 그러한 시적 여정의 산물들이 정선되어 있다. 등단 30주년 기념이라 했지만 내게 그의 이름은 더 오래

된 연원을 가지고 있는 것처럼 들린다.

1990년 전후를 분수령으로 해서 꽃을 내려놓고 새로운 모색을 하지 않을 수 없었다는 점에서 나는 그에게 깊은 동병상련을 느낀다. 이 시선집의 6부와 7부에는 지금으로서는 쉽게 수용할 수 없을 정도로 낭만적 열정의 문학에 뛰어들었던 그의 자취가 담겨 있고, 그것들은 비록 노선은 달랐다 해도 과거의 나 자신을 엿보게 한다. 투쟁과 도피와 부모형제들에 대한 애달픈 심사와 좌절, 방황, 고통, 그런 중에도 불쑥불쑥 솟아나는 당위적 명제들에 대한 미련 같은 것들이 이 책에는 국면 국면들로 잘 배분되어 있다. 다음의 시는 그러한 슬픈 기억의 한 단면이다.

옥밥 한술 억지로 욱여넣다
생각하거니
엄니가 흙마당 멍석 위로 저녁을 나르실 때
풀물 든 손을 툴툴 털어내던 아버진
어여 와 어여 와 하시었는데
그 엄니 오늘은 밥상머리 한 구석이 비어
된수저 치켜들다 울었는지

안 울었는지.

—⟨옥밥⟩ 전문

그 시대에 감옥은 새로운 길을 만들려 하는 사람이라면 피하기 힘든 곳이었다. ⟨문학의오늘⟩을 함께 만들면서 내가 그에 대해서 자연스럽게 생각하게 된 것들이 있다. 그는 자기 이익을 위해서는 가장 적게 움직이고 대의에는 몹시 강한 사람이다. 또 그는 필요한 일들, 가치를 위해서는 아주 오래 인내력을 발휘하는 사람이기도 하다. 그리고 그는 몸이 좋지 않은 사람이기도 하다.

어느 날 나는 그가 선천적으로 심장에 이상이 있으며 죽음을 각오해야 하는 수술을 여러 번씩 받았음을 알 수 있었다. 그래서 다음의 시가 쉽게 이해된다. 필시 그러한 사정과 관련이 있을 것이기 때문이다.

어둑발 내리고 또 혼자 남아 내 몸을 가만히 만져보네. 얼마만인가. 내가 내 몸을 만져보는 것도 참 오랜만이네. 그래, 기계처럼 살아왔으니 고장이 날 만도 하지. 기름칠 한번 없이 돌리기만 했으니 당연한 일 아닌가. 이제 와서 닦고 조이고 기름칠 한들 무슨 소용이 있나. 내 몸 곳곳의 나사들은 붉은 눈물을 줄 줄 흘릴 뿐이네. 필사의 버티기는 이제 그만, 급기야 나사 하나를 바꿔볼까 궁리하네. 나사 하나쯤 중국산이나 베트남산이면 어때, 벼락 맞을 생각을 하기도 하네. 어둠 속에서 난 싸늘하게 굳은 나사 하나를 자꾸만 만져보네.

—〈나를 만지다〉 전문

이 시에 나오는 "나사"는 예사 나사가 아닐 것이다. 그것은 나사라고 표현되기는 했어도, 생사를 바꾸는 나사일 수 있다. 그러므로 이 시에서 나를 만진다는 것 역시 예사롭지 않다. 지금 살아 있는 실체로서의 자기를 지탱하고 있는 몸, 육체가 언제라도 다시 문제를 일으킬 수 있다는 위기감 속에서, 그것을 다른 누구와도 공유하기 힘든 외로움 속에서 그는 자신의 몸을 만져본다. 누구보다 외롭고, 외로움을 타는 사람이, 그러나 이를 표나게 드러내는 것을 금기처럼 생각하는 그가 자신의 몸을, "싸늘하게 굳은 나사 하나를" 만져보고 있다.

그렇다면 과연 이러한 그는 지금 어떤 꿈을 꾸고 있는 것일까? 이제 자신의 육체적 상황을 고민해야 하는 시점에서 과연 꽃을 잃어버리고도 다시 무엇인가를 시작할 수 있는, 새로운 시의 논리를 세울 수 있는 것일까? 다음 두 편의 시가 그 시금석 역할을 할 수 있을 것 같다.

(가)

□□링 위에 모셔둔 노란 장화를 보노라면 겨드랑이엔 어느새 지느러미가 돋아나 상상 속을 날아다녔다. 노란 장화만 신으면 그 어디에든 가 닿을 수 있을 것 같았다. 달나라가 별거냐, 방게 방게 떠가면 달나라였다. 난 그때 바람 한 점 새겨진 돌멩이 하나를 슬그머니 놓고 오기도 했다. 그러던 어느 날 비가 내렸다. 난 사방팔방 뛰어다녔다. 물웅덩이를 만나 첨벙첨벙 뛰기도 했다. 황금빛 지느러미가 파닥일 때마다 흙탕물이 튀었다. 서울깍쟁이 아가씨가 지나다 에구머니나, 하고 물러섰다. 그러거나 말거나 난 오래오래 세상의 등짝을 두들기고 있었다.

— 〈장화여행〉 전문

(나)

시작은 늘 노랑이다. 물오른 산수유나무 가지를 보라. 겨울잠 자는 세상을 깨우고 싶어 노랑별 쏟아낸다. 말하고 싶어 노랑이다. 천개의 입을 가진 개나리가 봄이 왔다고 재잘재잘, 봄날 병아리 떼마냥 종알종알, 유치원 아이들마냥 조잘조잘. 노랑은 노랑으로 끝나니 노랑이다. 바람도 없는 공중에 보이지 않는 손이 있어 잠든 아이를 내려놓듯이 노랑꽃들을 내려놓는다. 노랑을 받아든 흙덩이는 그제야 발가락을 꼼지락거리며 초록으로 일어나기 시작한다. 노랑이 저를 죽여 초록 세상을 만든 것.

—〈노랑〉 전문

(가)와 (나)의 시를 가만히 들여다보면, 어린 아이의 세계, 시작하는 세계로 되돌아가고자 하는 시인의 내향을 읽어낼 수 있다.

(가)의 소재가 되어 있는 "노란 장화"는 모든 상상을 가능하게 하고 심지어는 "세상의 등짝을 두들기"도록 해주는 마법의 장화다. 구름이나 빗자루를 타고 하늘을 날듯 화자의 유년의 기억 속의 노란 장화는 그에게 아무런 구속도, 지배도 없는 자유를 가져다주었다. 천진난만한 자유, 노란 장화는 이것을 상징한다.

(나)에서도 노란 빛깔의 지위는 선명하다. 아마도 시인의 원초적인 유년체험에 바탕을 두고 있을 노란빛은 여기서는 식물들의 모든 새로운 시작에 관계한다. 산수유나무 가지, 개나

리꽃의 노란빛은 겨울이 가고 봄이 왔음을 알리는 생명의 빛깔이다.

아이 또는 아동은 철학적 사유를 필요로 하는 개념이다. 그는 자유롭고 경계를 짓지 않으며 놀이의 세계 속에서 기쁨을 맛본다. 이 천진스러움이야말로 모든 이념과 관념과 메커니즘으로부터 피로한 자아를 구원해줄 수 있을 것이다.

오봉옥 시인이 걸어왔고 감내했던 삶의 과정, 시쓰기의 긴 여정을 되새겨보며, 이제 꽃이 진 빈자리에 새로운 생명의 노란빛이 깃들기를 기대해본다.

등단 30주년 기념

나를 만지다

1판 1쇄 인쇄 2015년 10월 22일
1판 1쇄 발행 2015년 10월 30일

지은이 · 오봉옥
펴낸이 · 주연선

책임편집 · 강건모
편집 · 이진희 심하은 백다흠 이경란 오가진 윤이든 강승현
디자인 · 이승욱 김서영 권예진
마케팅 · 장병수 김한밀 정재은 김진영
관리 · 김두만 유효정 신민영

(주)은행나무
121-839 서울특별시 마포구 양화로11길 54
전화 · 02)3143-0651~2 ∣ 팩스 · 02)3143-0654
신고번호 · 제1997-000168호(1997. 12. 12)
www.ehbook.co.kr
ehbook@ehbook.co.kr

ISBN 978-89-5660-944-7 03810